Rueda de carro

Pieza de ajedrez

Azulillo

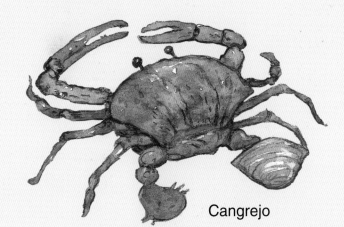

Cangrejo

Corcho

Palmatoria

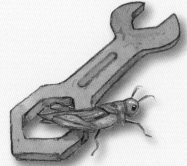

Llave inglesa y saltamontes

Sierra curva

Perro durmiendo

Manzana silvestre

El Rey de las Pequeñas Cosas

Texto de *Bil Lepp*

Ilustraciones de *David T. Wenzel*

Picarona

Para Noah y Ellie, mis pequeñas
cosas que han acabado de suceder

B. L.

Para Lindsey, mi heroína

D. T. W.

Puede consultar nuestro catálogo en www.edicionesobelisco.com /
www.picarona.net

EL REY DE LAS PEQUEÑAS COSAS
Texto de *Bil Lepp*
Ilustraciones de *David T. Wenzel*

1.ª edición: noviembre de 2014

Título original: *The King of Little Things*

Traducción: *Joana Delgado*
Maquetación: *Montse Martín*
Corrección: *M.ª Ángeles Olivera*

© 2013, Bil Lepp para el texto
© 2013, David T. Wenzel para las ilustraciones
Publicado por acuerdo con Peachtree Publishers
(Reservados todos los derechos)
© 2014, Ediciones Obelisco, S. L.
(Reservados los derechos para la lengua española)

Edita: Picarona, sello infantil de Ediciones Obelisco, S. L.
Pere IV, 78 (Edif. Pedro IV) 3.ª planta, 5.ª puerta
08005 Barcelona - España
Tel. 93 309 85 25 - Fax 93 309 85 23
www.picarona.net / www.edicionesobelisco.com

ISBN: 978-84-16117-11-6
Depósito Legal: B-16.879-2014

Printed in India

Hace mucho tiempo, en el lado más alejado de una colina, vivía el Rey de las Pequeñas Cosas. Mientras otros reyes se ocupaban de las grandes cosas de este mundo, él reinaba muy feliz sobre todas las pequeñas cosas.

Era el rey de

monedas, velas, llaves, peines,
  nudos, saludos, liendres,

botellas, botones, eructos, escarabajos,
  chinches, astillas, piar de pájaros.

Pétalos, palas, rabos de lagartijas,
  lentejas, mechas, clavijas,

guantes, canicas, macarrones,
  lapas, bates y botones.

El Rey de las Pequeñas Cosas tenía una casa acogedora y una reina encantadora. Daba de comer a los pájaros, echaba migas de pan a las hormigas y plantaba flores para las abejas.

Tenía todo lo que necesitaba y no ansiaba nada más.

5

No le sucedía lo mismo al Rey Enorme. No
importaba lo extensos que fueran sus reinos,
puesto que él siempre quería más:
tesoros más grandes, puentes más grandes,
bombachos más grandes.

El más codicioso de todos era el Rey Enorme.
Deseaba ser el rey del mundo entero.

Con ese pensamiento en mente, reunió un ejército.

Un ejército ENORME.

Asaltó reinos.

Aplastó feudos.

Aniquiló imperios.

Cuando se cercioró de haber acabado con todos los

reyes,

reinas,

zares,

emperatrices,

caciques,

rajás,

y sultanes

del mundo…

... creyó que era el momento de los grandes festejos.

Ordenó a sus cocineros que prepararan un festín fabuloso.

Encargó a su orfebre que creara una corona descomunal.

Instruyó a sus sastres para que le confeccionaran magníficos trajes.

—Al fin –declaró el Rey Enorme mientras se ponía una rutilante corona, presentada sobre un cojín de terciopelo–. ¡Soy el Rey de Todas las cosas!

Su chambelán levantó una mano temblorosa.

—Disculpadme, grandísima
y corpulenta Alteza.

—¿Qué pasa? –bramó el rey.

12

—M-mi-mi señor –balbuceó el chambelán–.
Temo que habéis olvidado a Su Minúscula Majestad...
el Rey de las Pequeñas Cosas.

—¿Las cosas pequeñas tienen rey? –gritó Enorme–.
¡Qué tontería! ¡Todo el mundo sabe que las cosas
pequeñas sólo existen para servir a las cosas grandes!

El rey Enorme se acarició la barba.

—¿Dónde vive ese Rey de las Pequeñas Cosas? –gruñó.

—En el viejo bosque, al otro lado de la colina, mi sumo Señor –dijo el chambelán.

—¡Reunid a mis soldados! –gritó Enorme–. Saldremos hacia allí de inmediato y pondremos a ese minúsculo rey en el minúsculo sitio que le corresponde!

Tras varios días de marcha, el Rey Enorme y sus soldados
se acercaron a las tierras del Rey de las Pequeñas Cosas.
No iba a ser una lucha justa, y justamente
eso era lo que le gustaba al gran rey.

Al ver cómo se acercaba el enemigo, el Rey
de las Pequeñas Cosas envió un mensaje
a sus súbditos. Tenía un plan
y necesitaba su ayuda.

Y en el trascurso de la noche...
las cosas pequeñas empezaron a trabajar.

A la mañana siguiente, los soldados encontraron
gusanos en el pan,
chinches en los calzones
y hongos entre los dedos de los pies.

Y lo peor es que habían dejado las armas inservibles.

Las termitas habían reducido las flechas a serrín.

Las gotas de agua se habían metido en la pólvora.

Y la herrumbre había echado a perder los cañones y las catapultas.

Lleno de real coraje, el Rey Enorme reunió a su consejo.

—Si no podemos acabar con ese rey por la fuerza
–bramó–, ¡está claro que tenemos que engañarle!
Debemos tenderle una trampa. Debemos embaucarle.

—Después de todo, una mentira, por muy pequeña
que sea, nunca es una cosa pequeña.

Enorme se volvió a sus consejeros y añadió:

—Invitad a ese charlatán a mi tienda desplegando
una bandera de tregua. Y preparad un calabozo.

En el mismo instante en que el Rey de las Pequeñas
Cosas entró en la tienda, éstas reconocieron
a su señor y cayeron rendidas a sus pies.

Las monedas rodaron de los cofres del gran rey.
Las joyas saltaron de su corona.
Los botones salieron disparados de sus tirantes.

Enorme se quedó en calzoncillos delante de toda su corte.

—¡Llevaos a este mequetrefe al castillo! –rugió–.

¡Y metedle en un calabozo!

Los soldados lo intentaron, pero las llaves del calabozo fueron
leales al Rey de las Pequeñas Cosas y no quisieron entrar
en la cerradura. Los tornillos de la puerta reconocieron
a su rey y salieron disparados para postrarse ante él.

Cuando Enorme lo supo, mandó que encerraran al pequeño
rey en la más profunda y oscura de las cavernas del reino.

Ordenó que cerraran la entrada
con una piedra.

Una piedra
INMENSA.

La vida en la cueva no estaba del todo mal.

Las hormigas le llevaban migas.

Los pájaros, semillas.

Las abejas, miel.

Pero el Rey de las Pequeñas Cosas echaba de menos su casa.

Añoraba su jardín.

Y también a su reina.

Envió un mensaje a través de las hormigas, los pájaros y las abejas.

En él pedía con respeto a las cosas pequeñas de todas partes
del mundo que se rebelaran.

Las cosas pequeñas, que amaban a su rey, le obedecieron.

Y así, en el mundo entero,
las cosas pequeñas empezaron
a moverse por su cuenta.

Las cuerdas se destensaban.
Los colgadores
se descolgaban.

Las puertas se cerraban.
Las hogueras
se apagaban.

Los adornos dejaban de adornar.
Los pepinillos de avinagrar.

Las plumas se sacudían.
Los lápices se estremecían.

28

Los cerrojos se cerraban.

Los frenos saltaban.

Las galletas se desmigajaban.

Los bloques se desmantelaban.

Los tics y los tacs se iban
a pasear (sin sus relojes).

Las barcas escoraban.

Las palabras
se enredaban.

Las luces no lucían.

Las bufandas se destejían.

Y, así fue como todas las cosas
pequeñas, en todo el mundo,

SE NEGARON
A FUNCIONAR.

El pueblo irrumpió en el castillo de Enorme y le exigió
que liberara al prisionero.

Abandonado por su ejército, el que una vez fuera
un poderoso rey no pudo hacer otra cosa.

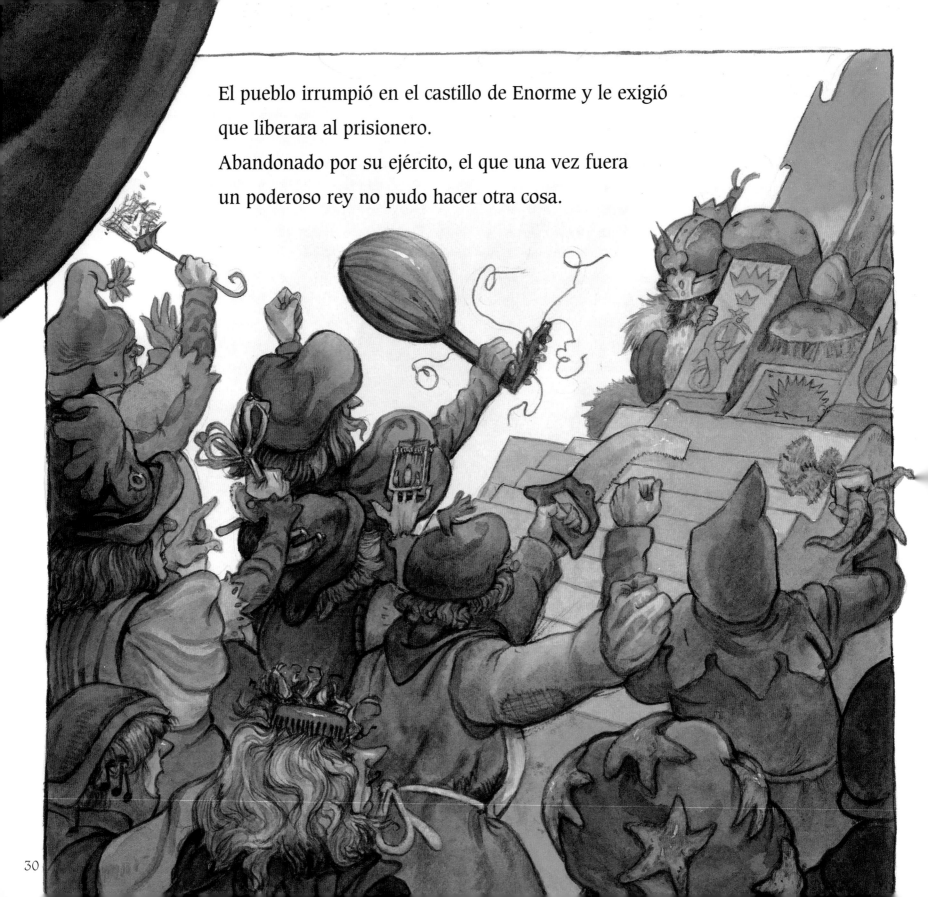

De modo que el Rey de las Pequeñas Cosas
regresó a casa y las cosas pequeñas volvieron a funcionar.

¿Y el Rey Enorme?

¡Ah, bien! Pues pasó el
resto de sus días buscando

sus llaves,

sus anteojos,

su reloj de bolsillo,

sus calcetines,

su cartera,

su redecilla del pelo...

Y nunca más volvió
a pensar lo mismo del valor
de las cosas pequeñas.

El Rey de las Pequeñas
Cosas observa muchas, muchas
cosas pequeñas.
A veces, incluso tiene problemas
a la hora de encontrarlas.
¿Puedes ayudarle?

Da la vuelta a la página y verás
todo tipo de cosas pequeñas.
¿Cuántas puedes encontrar en el libro?

Al principio del libro hay muchas más
cosas pequeñas. Sigue buscando
y hállalas todas.

¡Buena suerte!

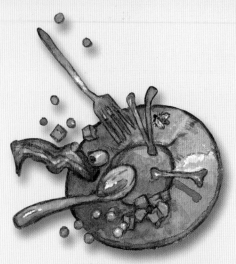

Plato de comida volante

Juego de tabas y pelota

Galleta desmigajada

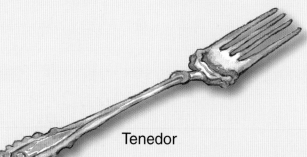

Libélula, dedal, pinzas, cacahuete

Rana sobre nenúfar

Gato con gatitos

Tenedor

Mariposa

Grillos

Fichas de dominó

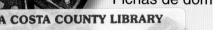
Arpa de boca, armónica